DEU RUIM... SÓ QUE NÃO!

Cleber Galhardi

2

Olá! Tudo bem?
Aqui estou eu novamente para conversar
um pouco mais sobre nós!
Eu gosto muito dessa nossa conversa.

Estive pensando sobre qual seria nosso tema.
Pensei em um monte de coisas, mas nem sempre
acontece aquilo que nós queremos, não é
mesmo? Nessas horas, sentimos algo
chamado frustração.

Olha que beleza! Vamos conversar um pouco
sobre isso, o que você acha? Acredito que será
muito interessante e poderemos assim aprender a
lidar com ela. Vamos estudar um pouco?

Esta palavra é complicada até mesmo para pronunciar: frus - tra - ção.

VOSAFRUS?

VOCÊ SABE O QUE É FRUSTRAÇÃO?

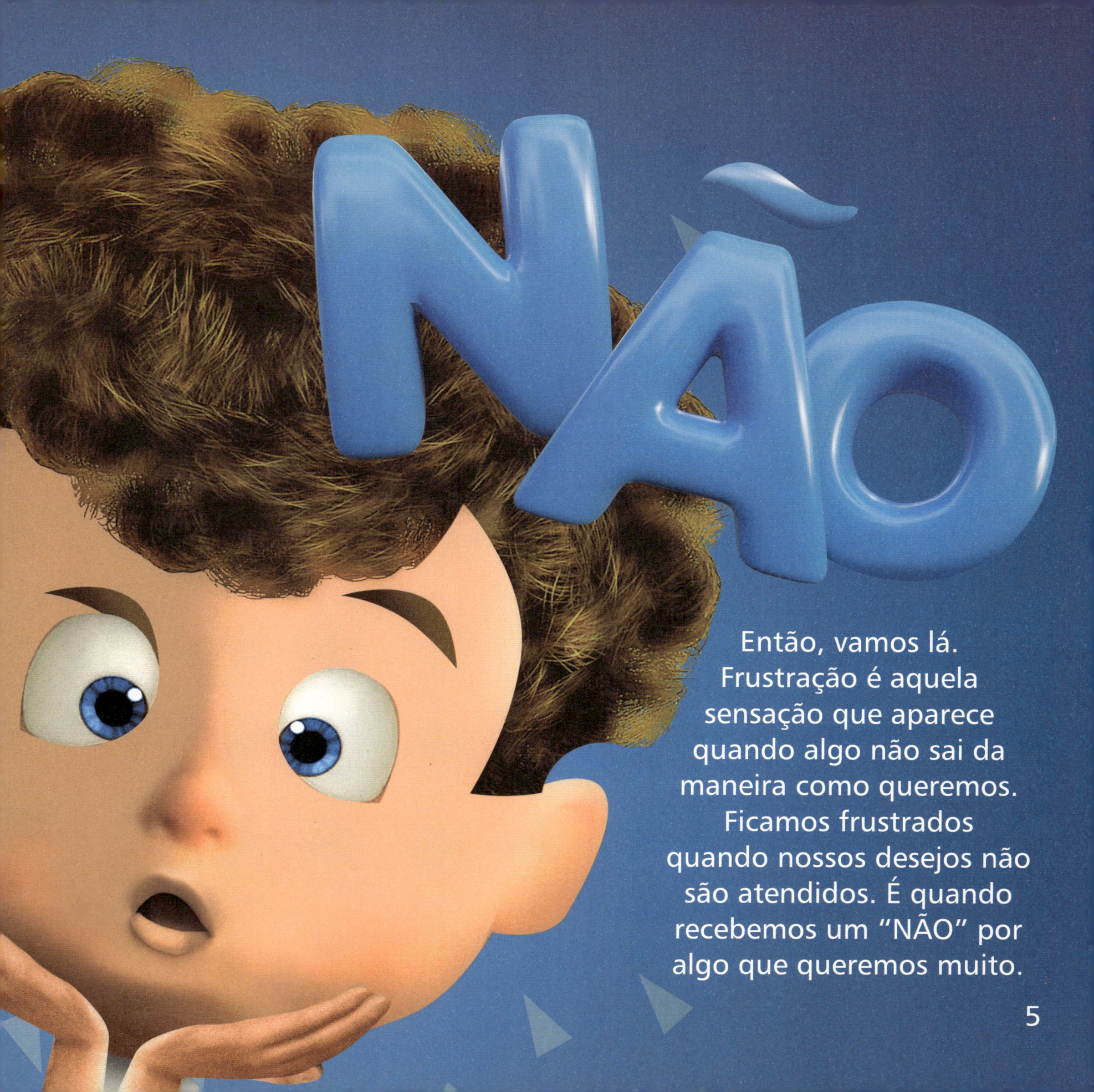

NÃO

Então, vamos lá. Frustração é aquela sensação que aparece quando algo não sai da maneira como queremos. Ficamos frustrados quando nossos desejos não são atendidos. É quando recebemos um "NÃO" por algo que queremos muito.

5

Sabe o que acontece nessas horas?

SERAANTRIS

SENTIMOS.:
RAIVA,
ANSIEDADE,
TRISTEZA!

Podemos sentir frustração em várias situações: quando não ganhamos o presente desejado, quando não tiramos a nota que esperávamos, ao perdermos alguém que amamos ou quando nossos pais não nos deixam jogar videogame ou brincar o tempo que desejamos.

Você consegue se lembrar de alguma outra situação em que podemos nos sentir frustrados?

Puxa, se já se frustrou alguma vez, sabe que não é fácil. Mas, se ainda não teve essa sensação, talvez um dia venha a conhecê-la.

De qualquer forma, é importante saber alguma coisa sobre ela. Se não aconteceu com você, pode acontecer com alguém próximo, não é mesmo?

Agora vamos aprender um pouco mais?
Para continuar, é importante entender que

ONAFAPAVI!

Isso mesmo!

O "NÃO" FAZ PARTE DA VIDA!

Olha que interessante. Todos nós queremos que as coisas aconteçam de acordo com o que desejamos, mas em algum momento receberemos um "não"! Pode ser que venha de nossos pais, de amigos, de um professor ou até mesmo do suco que deixamos na geladeira e alguém bebeu.

Então, entenda que

IMTERTUNAVI

ou: É

IMPOSSÍVEL TER TUDO NA VIDA!

Claro que gostaríamos de ter tudo, mas infelizmente não dá, não é mesmo? Isso quer dizer que em algum momento teremos que aceitar o fato de que "deu ruim" para nós! E, apesar da decepção, temos que aceitar e seguir em frente.

Nosso papo está bom, não acha? Vamos caminhar mais um pouco.

Assim que nos frustramos, começamos a ter sensações como raiva, vontade de chorar, desânimo. Essas sensações acontecem com todo mundo, ok? Não fuja delas e se permita sentir. Mas veja bem:

SENAOAGISEMPE
SENTIR
NÃO QUER DIZER
AGIR
SEM
PENSAR

SEMPRE ADIANTE

Isso quer dizer que posso sentir raiva, mas não vou agredir alguém por causa disso. Ficar triste não quer dizer que vou desistir de tudo.

Atenção a isto, é importante: siga adiante! Posso ficar com raiva ou triste com minha nota da escola, agora, desistir de estudar para uma nova prova, jamais, hein?!

13

Acho que podemos afirmar, então, que a frustração pode nos ajudar a ser melhores, você não acha? Pode nos ajudar a ser perseverantes, a começar de novo e insistir na busca por nossos sonhos!

Para isso, precisamos

ESTUUMPOMA

ou

ESTUDÁ-LA UM POUCO MAIS

Vamos continuar?

Antes, deixa eu te contar uma coisa. Todos precisamos entender que ter limite é algo muito importante. Receber limite por parte dos nossos educadores nos ensina a evitar os excessos, que são totalmente prejudiciais a qualquer pessoa. Ter horário para brincar, estudar ou voltar para casa é saudável e nos dá equilíbrio na vida.

Voltando ao assunto da frustração, que tal conversarmos sobre como lidar com ela?

Para começar, não existe uma forma de termos todos os desejos atendidos, certo? Seria bom demais ter tudo aquilo que desejamos, mas não é assim. Nem sempre poderei ir a todas as festas para as quais fui convidado. Então:

FRUVAIACON

A

FRUSTRAÇÃO VAI ACONTECER EM ALGUM MOMENTO

Aceitá-la nos ajuda a amadurecer. Ficamos mais fortes quando aceitamos os "nãos", entendendo que eles são necessários. Nossos pais, amigos ou Deus não são ruins ou deixaram de nos amar quando negam algo para nós. Na verdade, eles estão nos ajudando a ser seres humanos melhores.

Tenho outra dica. Cuidado com

EXANAREA

Entendeu? Vou te ajudar:

EXAGERO NA REAÇÃO

Em muitas ocasiões, exageramos na reação quando não somos atendidos. Ficamos pelos cantos, sentindo-nos injustiçados, fazemos birra e quase sempre evitamos conversar sobre o assunto. Experimente

CONSO ASS

CONVERSAR SOBRE O ASSUNTO

Evite dramatizar e converse com os adultos sobre as razões que eles têm para negar algo, ou então peça a opinião deles. Já ouviu falar que é conversando que a gente se entende? Toda conversa sincera facilita os relacionamentos e ajuda a entender melhor os fatos.

Muito bom! Esse tema é interessante, você não acha? Vamos tentar encontrar mais informações sobre como lidar com a frustração, ok? Temos um recurso precioso para utilizar, que é buscar outras soluções.

Para isso, precisamos entender que existem outras formas de agir. Se não posso ir a uma festa, nada me impede de ler um livro, praticar uma atividade esportiva, conversar com amigos, concorda?

Para isso,

BUSOUALT

BUSQUE OUTRAS ALTERNATIVAS

Sempre existem outras possibilidades!

Pode ser que eu acorde adoecido e todos os compromissos precisem ser cancelados. Ficar se lamentando infelizmente não resolve nada e ainda o fará se sentir a pior pessoa do mundo.

Portanto, use sua inteligência para encontrar outras respostas, certo?

Até aqui está tudo bem?
Podemos continuar nossa conversa?

Então vamos lá...

Agora quero falar sobre outra coisa que a frustração tem o poder de ensinar. Ela se chama perseverança. Perseverar quer dizer persistir, continuar, ou seja, não desistir. Pode ser que você tenha dificuldade em aprender determinada matéria. Nesse caso, a perseverança vai lhe pedir que treine mais e que seja feito um número maior de exercícios.

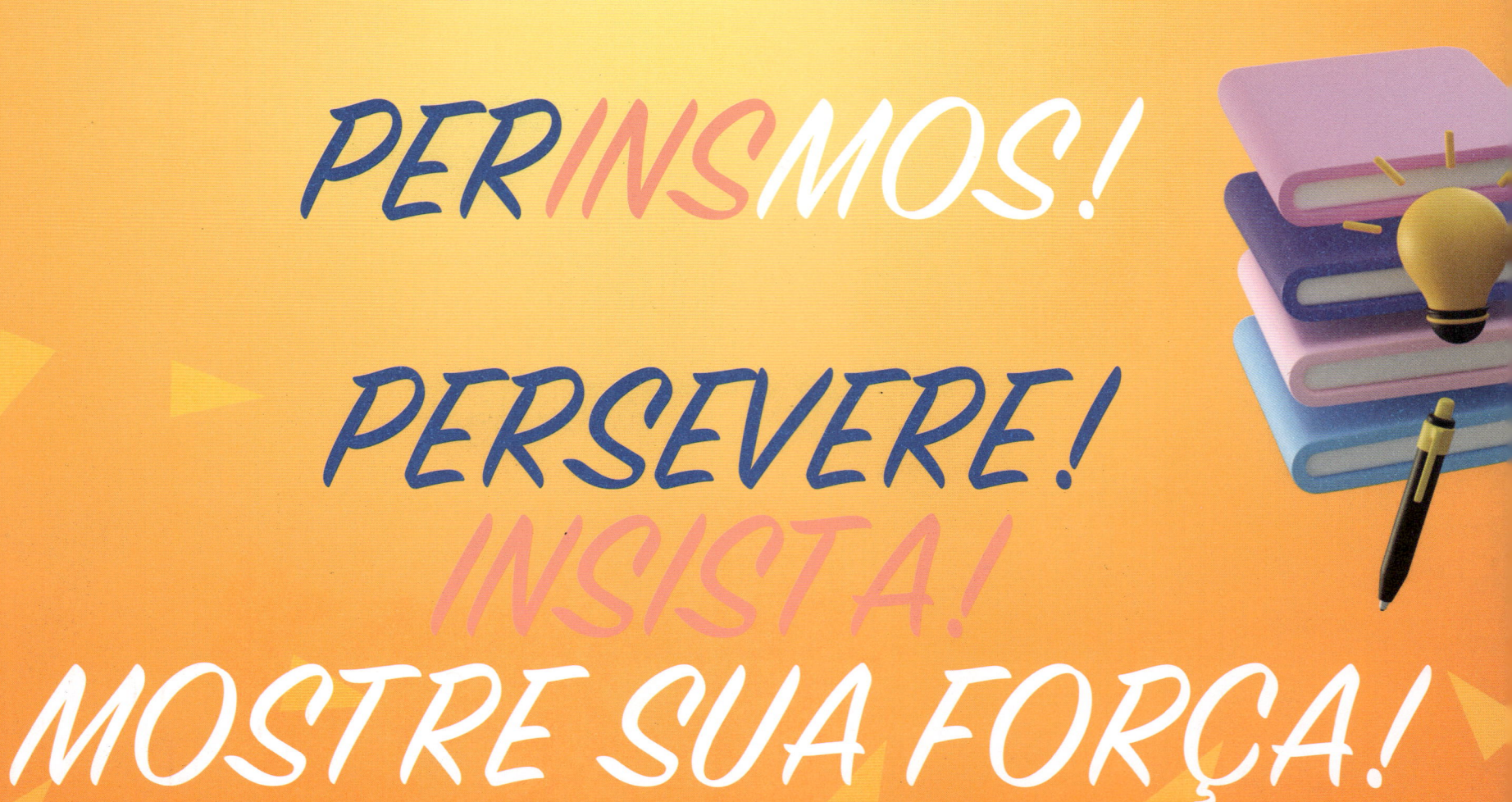

PERINSMOS!

PERSEVERE!
INSISTA!
MOSTRE SUA FORÇA!

Se você estudou e não conseguiu tirar uma boa nota, é óbvio que vai ficar chateado, mas isso não quer dizer que deva desistir. Estude um pouco mais, peça ajuda e siga em frente. Aprenda a enfrentar os desafios e fique mais forte superando-os.

Quando mostro minha força, aos poucos vou aprendendo a acreditar mais em mim. E isso é muito bom! Quando acredito em mim, enfrento a frustração e passo a buscar alternativas para atingir meus objetivos.

Tenha

FÉSIME!

FÉ EM SI MESMO!

E como se faz isso? Aceitando os erros e as frustrações, e percebendo que com o tempo as coisas se acertam e você vai sempre encontrar forças dentro de si para superar as dificuldades.

Não fique com medo de buscar outras alternativas. Pode ser que amanheceu chovendo e não seja possível realizar o passeio que estava programado, mas é possível convidar os amigos para assistir a um filme.

Acredite em sua criatividade e faça algo novo!

Acabo de me lembrar de outra informação importante para nos ajudar quando nos depararmos com situações que não saem como esperávamos. Vale a pena

ESPOTEMPAS,

ou seja:

ESPERAR O TEMPO PASSAR

É isso mesmo. Quando aprendemos a esperar um pouco, controlando a ansiedade, conseguimos não explodir de raiva. Quando entendemos que algumas coisas precisam de tempo para acontecer, exercitamos a paciência, e ela é uma amiga que muito nos ajuda na realização de nossos sonhos.

Você já deve ter percebido a importância de aceitarmos os acontecimentos inesperados da vida, certo? Infelizmente, receber um "não" será inevitável em algum momento. Quero fazer um convite: inclua alguns hábitos em seu dia a dia. São eles:

CARESOR

CAMINHAR
RESPIRAR
ORAR

Todo exercício físico praticado com equilíbrio é bom para o corpo e o espírito. Ele nos auxilia a colocar as ideias em ordem. O mesmo acontece quando praticamos um esporte.

Você já percebeu que nossa respiração pode nos acalmar? Sempre que estiver nervoso, procure respirar com calma e profundamente. Solte o ar dos pulmões com tranquilidade e perceba como se sente.

Algo que não pode faltar em nossa vida é a oração. Ter contato diário com Deus pela oração nos faz bem e nos inspira. Não é preciso usar palavras difíceis. Basta ter um sentimento verdadeiro e se entregar ao Criador na certeza de que Ele nos ouvirá e sempre estará ao nosso lado.

Esses três hábitos, exercício físico, respiração tranquila e prece, farão com que nossa vida seja melhor. Ao praticar essas três coisas, conseguiremos relaxar diante das frustrações. Vamos praticar?

Foi muito bom conversar com você. Confesso que estou feliz em ter tido esse papo. Espero que tenha ajudado um pouco no entendimento da frustração. Desejo que você seja feliz e que aprenda a enfrentar as dificuldades quando elas aparecerem.

Obrigado pela sua amizade e por estar comigo até aqui.

Até outro livro.

FIQUE
COM
DEUS!

VAMOS COLORIR!

Use sua imaginação e pinte da forma que quiser.

PINTE SEU SENTIMENTO

O que está sentindo hoje?

Levamos o livro espírita cada vez mais longe!

◎ | Av. Porto Ferreira, 1031 | Parque Iracema
CEP 15809-020 | Catanduva-SP

⊕ | www.**boanova**.net

✉ | boanova@boanova.net

📞 | 17 3531.4444

🟢 | 17 99777.7413

Siga-nos em nossas redes sociais.

@boanovaed   boanovaeditora

CURTA, COMENTE, COMPARTILHE E SALVE.

utilize #boanovaeditora

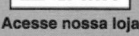

Acesse nossa loja   Fale pelo whatsapp